JUMP COMICS
NARUTO
ナルト
巻ノ三十九
動き出す者たち
岸本斉史
D0992783

主な登場人物
春野サクラ
うずまきナルト
サイ
ヤマト
はたけカカシ

前巻までのあらすじ

木ノ葉隠れの里、忍術学校の問題児だったナルトはサスケ、サクラと共に忍者の仲間入りを果たす。中忍選抜試験の最中、大蛇丸の〝木ノ葉崩し〟が始まるが、火影の命を代償に一旦終結、五代目火影に綱手が就任した。大蛇丸の力を求めたサスケは、止めるナルトを戦いでねじ伏せ里を去った…。

それから二年余。修業を終えたナルトたちは、サスケと再会を果たす。だが、サスケの圧倒的な力の前に、取り逃がしてしまう。

ナルトたちが「暁」との激闘を繰り広げる中、サスケも大蛇丸を見限り、その全てを奪い取る。新たな仲間を集めるサスケは、呪印の起源・重吾の元を訪れるが…!?

NARUTO
ーナルトー

巻ノ三十九

動き出す者たち

NARUTO
-ナルト-

350：衝撃の報せ…!!

て

ば

よ

ヨ

ロ

シ

ク

NARUTO

NARUTO
-ナルト-

ピンポーン

ボ
はーーい…
寝起きからヘビーなもん食ってんなアンタ…
カップラーメン

サクラちゃん今日は休日だってばよ
こんな朝早くから…何？
もうお昼だよ…

…まあいいや…
すぐに顔洗って着がえてきて待ってるから

何？デート？
シャキーン

バカ!!
綱手様が呼んでんのよ!!
キッ

遅い！

何をチンタラしてた！ったく!!
まあまあ…綱手…

す…すいません…ナルトの奴が朝食という名のお昼を食べてまして…
アレ？エロ仙人も

久しぶりだのォ！ナルト

で…
何なんですか
話って…?

……
うむ…

?

各地至る所で
ある情報が流れて
いてな
…その事に
ついてだ

情報…?
何?
何だってばよ?

……

大蛇丸が死んだ
どうやらうちはサスケがやったらしい

そ…それって…ホントか…!?

まず間違いない…確かな情報スジから聞いたからのォ…

…じゃあ
もう…
忍

へへ～ん！
あいつが大蛇丸なんかにやられるハズがねーってばよ！

んじゃ
サスケの奴
木ノ葉に帰って
くんだよなァ！
なぁ⁉
影

………

…どうやら
そうでは
ないらしい…
油

全員脱獄しちまってる
看守は全滅だな…

あれじゃどれが重吾か分かんないね…
サスケ

香燐
あいつらの中に重吾はいるか？

ったくうるさいな…
少し待ってろ！
ドッ

フン…いないな…
ならお構いなしってやつでオーケーだね

急所ははずしておけ

ハァ…
やっぱ君は木ノ葉出身だ…
さっきの男も殺せば良かったのに…甘いね
カシュン

行くぞ
カチャ…

女だ…
女が入ってきたら殺す…
殺す…

うっ……
強ぇェ…お前は……
…ーーズズズズ

フウー…

鍵だ！
見付けたぞ

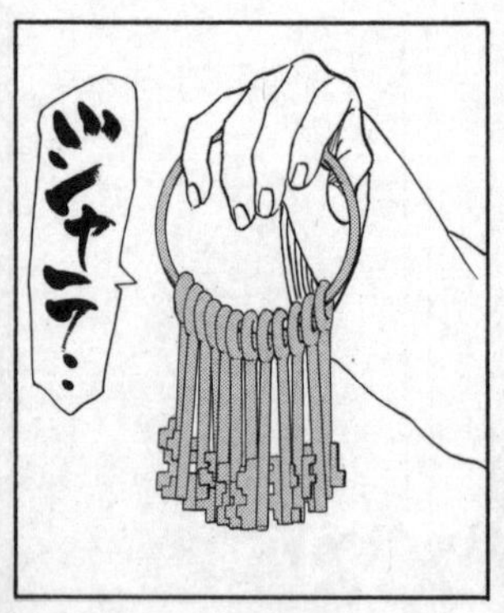
ジャラア…

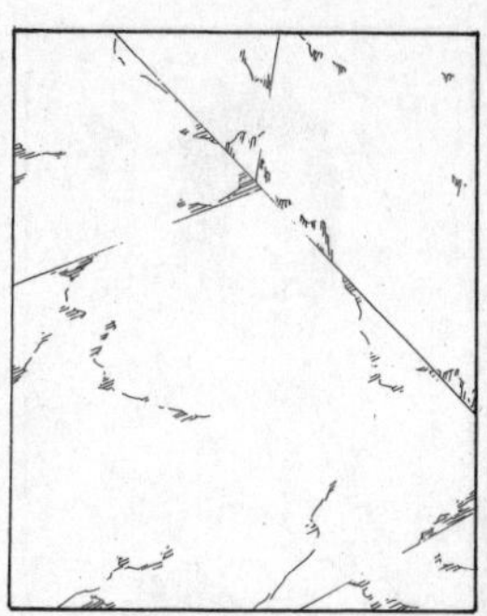

ザッ

香燐どっちだ案内しろ

サスケ！アンタさっきから何仕切ってんだ！
いいから早く調べてくれないかな
…それが君ご自慢の能力だろ

………

あっちだ

フウ…
ドッ

スタ
スタ

!?

何だ？
グイ

ホントはこっちだ
さぁ行くぞサスケ！

何故嘘をつく
水月は逆方向に……

うるさいから水月は嫌いだ！行くぞ！
放せ…自分で歩く

しかし…

“呪印”ってのは体形をあそこまで不細工に変化させるんだね…
サスケ 君も“呪印”であんな風になるのかい？

………

…ボクの話をちゃんと…

………

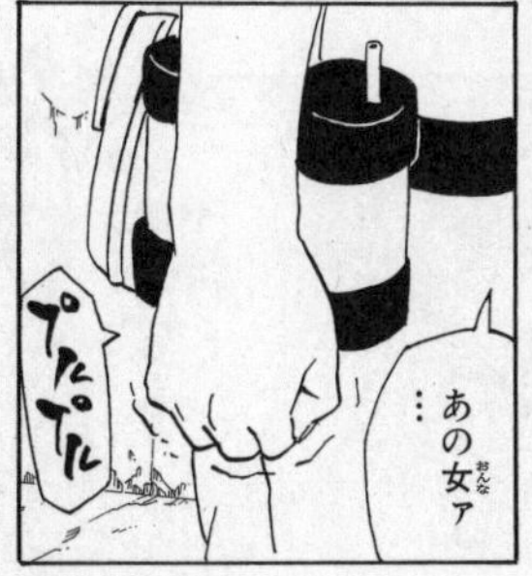
…あの女ァ
プルプル

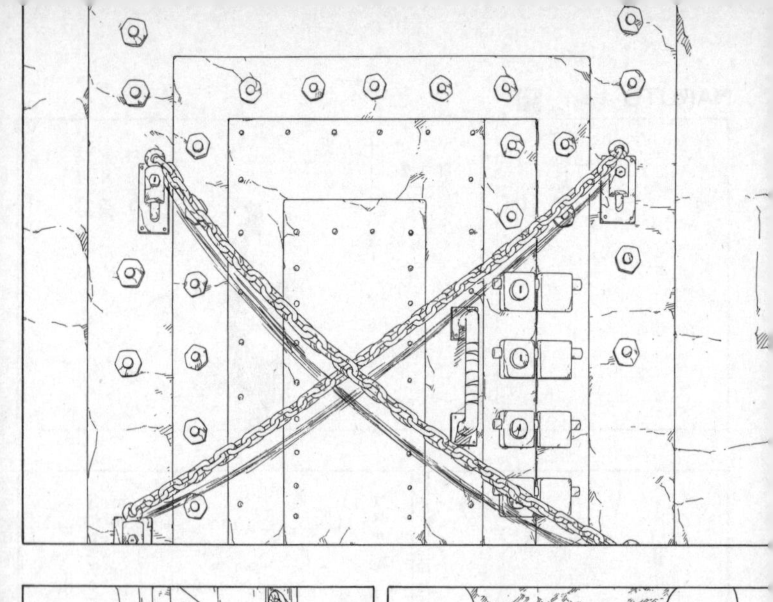

ここか
ああ　重吾は
この中に居る

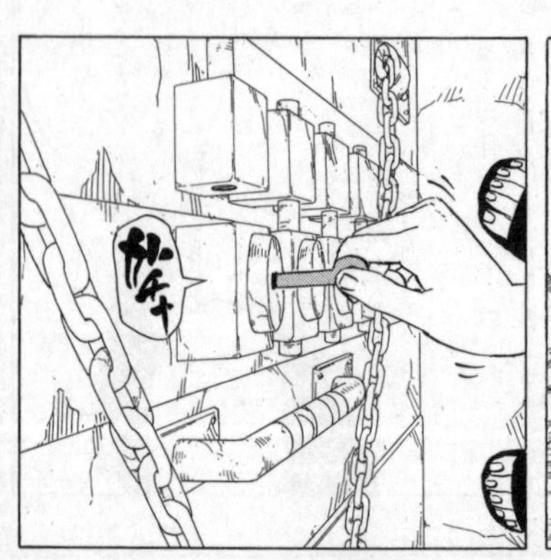
ガチャ

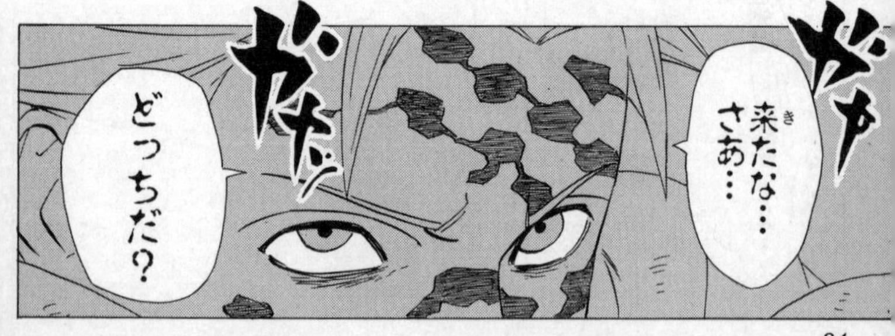
ザッ
来たな…
さあ…
ガタン
どっちだ？

よし！じゃあ開けるぞ

ガ…

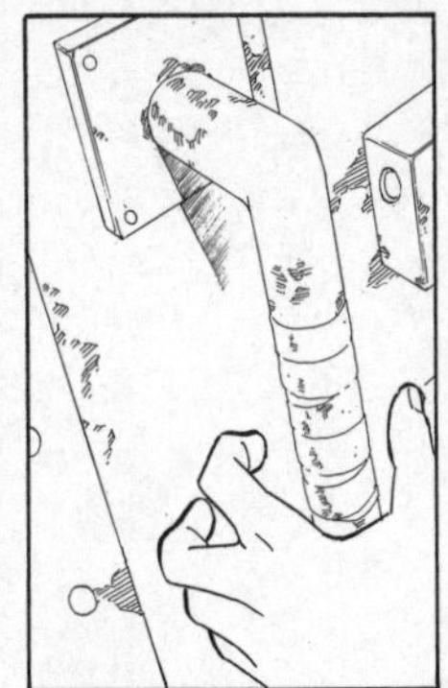

スッ…
ガッ

オレが先に入る…
香燐 お前は下がってろ

いや……
やっぱり男だ…男が入ってきたら殺そう

ビンゴ！殺す!!

来た！
……！
ザッ

NARUTO -ナルト- オリキャラ優秀作発表その①

（島根県 揶揄さん）

○ ヘタレキャラですね。陰うつで顔色も悪いし暗そう。しかし、ヘルメットを常にかぶってるってのがいいキャラ出てます。

（愛知県 タラコマヨネーズ）

○ 猫キャラは、かわいく「ニャ～」みたいなハガキが多い中、まったくかわいくもくそもない猫キャラ、猫山ドラ！ そこがよかったです。

（熊本県 西谷こなみさん）

○ 服に穴が開いてるのがいい！ これといって特徴はないけど、とにかく服に穴が開いているのがいい！

（千葉県 ハナナコさん）

○ なんでしょう…かわいいんだけど、縫い目やバッテンの目がセンスよさそうに見えます。こういうの好きな人はかなり好きですよね。

ナンバー
351
:
男との対話!!

…アレ？

戻ってきちゃったな…
やっぱりあそこを右か…

…お…お前らは一体…何が目的で…ここへ来た？
重吾を連れ出しに来ただけだけど…
仲間にしたくてね

ククク…お前ら…
…自分たちが何をしようとしてんのか…分かってんのか！…ぐっ…

……？

あんな奴を…この世に放したら
ボクも同感
けど ボクが言い聞かせるさ…何なら力ずくでね…

ククク…強いといっても…アンタ程度じゃあ…

ぐあ!
ズン

君…サスケの言葉が無けりゃ今死んでたとこだよ

クク…てめーらなんか重吾に殺されちまえ…!!

…一人ぐらい
ガチャ
構いやしないか…

ドガ

サスケェ!!

げはははァ!!

まだまだァ!!

ズズズ…
ズズ
!
サスケのチャクラが…!

変化した…！

！
グググッ.

バシィ
ザザザッ
またオレのコピーヤローかァ!?
しかし〝部分変化〟が出来るとは大したヤローだぜ！
〝呪印〟を扱うのがうめーな！

争う気はない
ぶわっ
お前に話があるだけだ　重吾

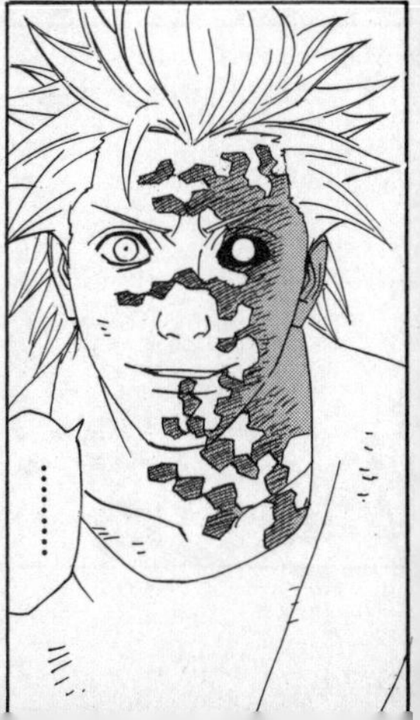
…………

こいつは強ぇ!!
君麻呂以来のコピーヤローだぜェ!!
ガッ

ドン

何だァァ!?

前とは違う能力を使ってるね 重吾
堅いし…

……?

サスケ
こいつはボクに
任せてよ
それと香燐
後で覚えてなよ
…

チィ…

止めろ 水月
争いに来たんじゃ
ない
オレが話す
ズズ

話して
言葉が通じるような
奴じゃないよ
力ずくで
連れてくまで…

そうか!
てめーは水月
思い出したぜ
ドド

ハアー―!!

二人とも止めろ！
ハアーーーッ！
いいぞ！共倒れしちまえ!!

オラァーーッ!!

！
！
ズズズズズ…

お前(まえ)ら…
オレに殺(ころ)されたいのか?

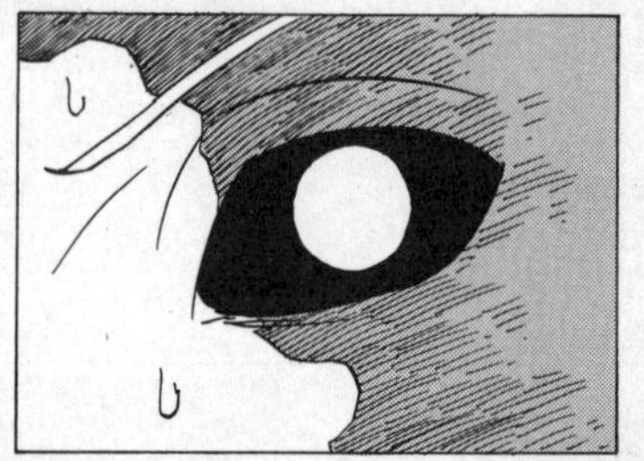

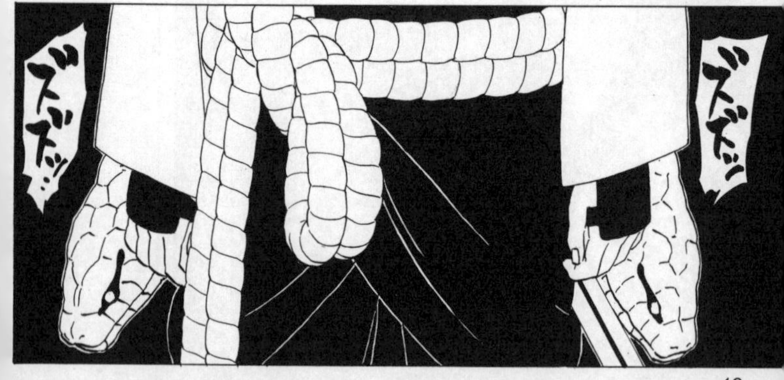

ズズズッ
ズズズッ…

今の…本気の殺意だった
じゃないか…
ゴクッ

た…たまんない…
サスケェ…

ドドドド
………

ドドド…

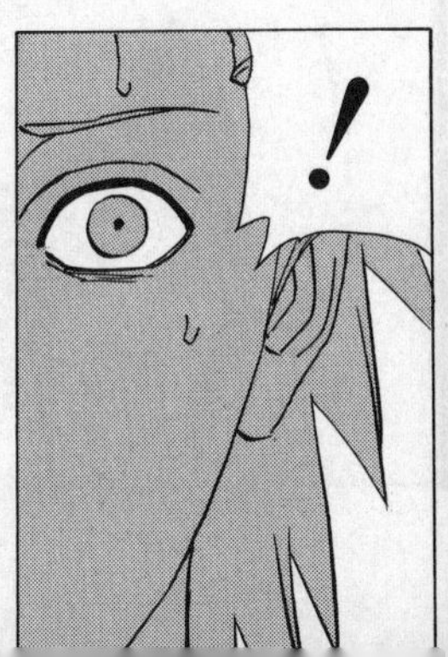
!

ああ…
キョロ
キョロ

あああああっ!!
ザガ…
ダッ

バタン
……?
?

は…早く鍵をかけてよォ!!

重吾…オレはお前を連れ出しに来ただけだ
オレと共に来い

ビビりすぎでしょ
違う…そうじゃねーよ

…？

オレはもう人を殺したくないんだよ！
オレは外になんか出たくないんだよ…放っといてくれよ！

…何…アレ？
スゴい二重人格だね…
言ったろ…
…重吾は自分でもどうにもならない殺人衝動にかられるって…
自分をコントロール出来ない
ホントは殺人なんてしたくないのさ

NARUTO—ナルト— オリキャラ優秀作発表その②

（兵庫県　へっPOKOさん）

○昔、東海道五十三次というかんしゃく玉を投げて敵をやっつけるというものすごく難しいゲームを思い出しました。なつかしいので決定！

（埼玉県　中嶋佑介さん）

○緑のパンツ一丁なのがインパクトありました。手にある目も気になるんですが、それよりお腹のものすごい傷が気になってしょうがないです。

（愛知県　名前無しさん）

○デブキャラはチョウジとかぶるんですが、とにかく脂肪メインで押しに出てる感じが気に入りました！　すごく弱そうなのもいいです！

（京都府　ペコさん）

○たわしはけっこう痛いんだよね。たわしグローブでなぐりまくるだけじゃなくたわしキックでけりまくってもいいんじゃないでしょうか？　せっかく足にもたわしっぽいの付いてんだし。

352：目的は…!!

オレはまたいつ
人を殺したくなるか
分からない
いいから早く
鍵をかけて
くれよ！

やっぱり
重吾はヤバイよ
サスケ…
奴の目の前じゃ
歩く事すら
落ち着いて
出来やしない

お前ら一体
何なんだよ!?
オレに
構うなよ！

大蛇丸は死んだ
このアジトも崩壊した
ここにいたらお前も終わりだ

それでいい…
これ以上 人を殺したくはない!

…安心しろ…
オレがお前の檻になってやる
オレがお前を止めてやる

……

お前に何が出来る
オレのこの衝動を止められるのは

…君麻呂だけだ
君麻呂がいないなら外へは出ない！

君麻呂って確かかぐや一族の…

ああ…重吾と君麻呂は特に大蛇丸のお気に入りで
人体実験としてこのアジトでずっと一緒にされていたからな…

…この組織の中で唯一気を許した相手だったんだろう

それに君麻呂は強かった…
貴重な実験体である重吾の暴走を
傷付ける事なく止める事が出来たのは奴だけだったって話だ

でもその男って確か もう…
重吾…君麻呂はオレの為に死んだ
もういない

ピクッ
………
お前の為に死んだ…!?
じゃあ お前が…

…うちは…サスケか…?
そうだ…
どうして病人のお前が駆り出される?
今までこんな事は
うちは…サスケ
うちはサスケ
僕の代わりに大蛇丸様の器となる男を
連れ帰るのが目的だ
そこまでする価値のある男なのか!?

器になるべき存在は
僕を除けば
彼をおいて他には
いない…
彼は僕の
生まれ変わりの様な
存在だ
僕は
命を懸けて
彼を
連れ帰る
君には
感謝しているよ
重吾
君の力が
僕の力を
さらに強くしてくれた
それじゃ
重吾…
ギィ
また来るよ…
バタン

ザキャ

そういうことか…
君麻呂(キミマロ)
ギスイ…

これでオレの思い描く小隊のメンバーはそろった
これからオレの目的を言う

オレの目的は"暁"のうちはイタチを殺す事だ
そこでお前たちの力を借りたい

やっぱりね…

ただ 香燐…
お前は用があると言っていたな…どうする?

そ…そうだな
よく考えたら
別にあまり急ぐ
用でも…
香燐君は
素直になったら
どうなんだ

ホントはサスケと
ずっと一緒にいたい
だけなんじゃないの
か？

そ…
そんなわけ
あるかァ!!!
だ…
誰がそんな事
あるのか言った事
それェ…
えっと
!!

ホラ
図星だ
だから
ろれつが
回らなくなる
バレバレ

ホントは
知ってんだよ…
昔 君は
サスケに…

!!

ガッ
ドチャ…

チィ!

水月
香燐をあおるのは
よせ…
初めに
協力はしろと
言ったはずだ

ズズ…
……

分かったよ…
悪かったね
香燐
ズズ…

…けどね…
悪いけどボクは
サスケにベッタリ
くっついていくよ
ズズ…

霧隠れ七刀のうちの一振り
うちはイタチと組んでる干柿鬼鮫の大刀の〝鮫肌〟をこの手にするまではね

ただの刀集めかよくだらねェ…

………
ピクッ

水月…
分かってるよ…

重吾…君は外に出てきたけどどうする?
!

君麻呂はサスケを自分の生まれ変わりの様な存在だと言い
命を懸けて守った…

お前がどれほどの忍か見届けてやる

決まりだな

どういう事だってばよ!?

なんで!?
もう大蛇丸はいねーのにアイツは里に帰って来ねーんだ?

サスケの奴は復讐に取り憑かれとる
サスケは兄であるうちはイタチを殺す為に〝暁〟に近づく気だのォ

…あのヤロー!まだ…
くそっ!

今後 オレたちは四人で動く

そして我ら小隊はこれより
〝蛇〟と名乗る

まだ〝暁狩り〟の任務は継続中なんだろ
オレたちも小隊組んでさっさと行くってばよ！
ああ…
ならサスケに会うために
もっとも確率の高い〝暁〟のメンバーを探すってばよ！

もちろん〝蛇〟の目的はただ一つ…
つまりオレたちが狙うのは…

うちは

ゴロゴロゴロ…

少し降ってきましたね

イタチだ
荒(あ)れそうだな

NARUTO オリキャラ優秀作発表その③

(千葉県 吉野祥穂子さん)

○いののライバルってあたりがいいとこついてます。デザインはかわいくてすごくよかったですよ。後ろ姿も見てみたかったです。

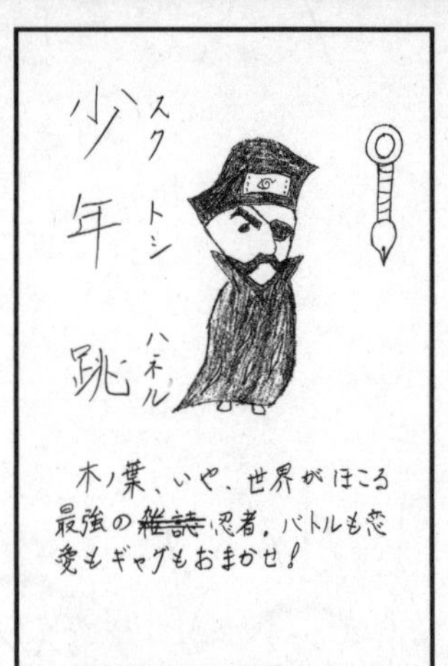

(熊本県 天流さん)

○少々ねらいすぎな感もあるけど、けっこう好きですこいつ! バトル、恋愛、ギャグ、そしてさらに友情! 努力! 勝利!ってのもおまかせだぜ! この雑誌忍者!

(宮城県 佐藤明弘さん)

○ありがちな要素をふんだんにもりこんだアイデアがかえってよかったです! 破動パンチのエフェクトがまたいい!

(群馬県 ま白さん)

○なんでしょ…この切ない目元は。スタイルもいいしカラーもキレイ! 印のマークもかっこいい……。…とにかく全部いい!

ナンバー
353："暁"集合…!!

木陰で雨をしのぎましょう
体が冷えますよ
ガシ

ああ…
スッ

ガッ

これからリーダーに連絡を取りますから…
ゲイ

353：“暁”集合…!!

死にそうだな
年寄りは丁重に扱え
ザッ ザッ

こいつを知らないからそんな事言うんですよ
"四尾"の熔遁を使うこの人柱力はそんなタマじゃないですよ

直接戦ってないアナタには私の苦労は分からないでしょうがね

………

フン…

まあ
一人で行かせてくれと
言ったのは
私ですがね

何なら
アナタのノルマも
私が半殺しに
しちゃいましょうか？

そうはしゃぐな
鬼鮫

少し
疲れてましてね
さっさと狩って
休みたいん
ですよ

そう焦る事も
ないさ…
今休め
まだ時間は
かかるだろうからな

それはどうでしょうかね…
もうあと数匹でしょう?

"九尾"は最後に封印しなければならないと決められている…

でなければバランスが崩れ封印像が砕け散ると
そうリーダーが言ってましたが

どうせ人柱力は生け捕りですからね
さっさと狩って拘束しておけばいいだけの話じゃあないですか
ド

ザッ

フッ…
別にそれでも
構わんが
デイダラも
失敗したしな…
最後に封印するなら
最後に狩っても
同じ事だ

それに
今となっては
"暁"も
目立ちすぎた
ドサ
早くに
"九尾"の人柱力を
拘束すれば
木ノ葉隠れが
今以上に
ざわめき立つ…

ハッ…
そうですか
ねェ…

木ノ葉隠れという
里は特に他里との
パイプが強い
連携されたら
我々の行動も
しづらくなる

今は"八尾"までを
目立たず速やかに
回収する方が賢い

なるほど…そう言われればそうですがね

！

タイミングが良かったな

ブウウン‥
ブウク‥

ブウウン
ブウウン

遅いぞ
ちょうど人柱力を狩ったところでしてね
逃げないように縛り上げてて遅くなったんですよ
…よし…
これで全員集まったな
ん?

まだ飛段と角都が見えませんが

二人はやられた

歩く.

うちはイタチか…
さてどうしたものか…
賭

“暁”の身柄を一人でも拘束してしまえば
後はイビキさんが情報を聞き出してくれると思うんですけど

確かに各小隊には可能であれば“暁”の身柄を拘束し連行するように命じてはいるが…

奴らはそう簡単に
口を割るような
連中じゃないし…
今までやり合った
連中の能力を見れば
危なすぎて
とてもじゃないが
拘束なんて
考えられなかった

カカシ先生…
………

じゃあ
どうすんだってば
よ!?

ま…
イタチと当たるまで
根気良く探すしか
ないんじゃない?
ドン

………

そうですか
…クク
あの
ゾンビコンビでも
死ぬんですね
どうやって死んだのか
見たかったですねェ

仲間に
そういう
言い方はよせ

やったの
は？

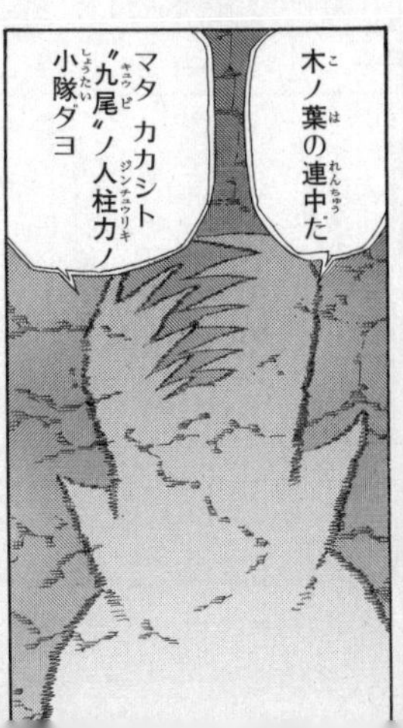

木ノ葉の連中だ
マタ カカシト
"九尾"ノ人柱カノ
小隊ダヨ

強いですね
その小隊
デイダラさんも
ボコボコにされる
わけだ

トビ!!

てめぇそれ以上言ってみろ!
オイラのカンニン袋が爆発するぜ!!うん!

アハハハ堪忍袋って我慢するための袋であって…
デイダラさんのは爆発袋でしょ
すぐにキレんだから

てめエトビコラァアア!!

デイダラ静かにしろそれじゃトビの言う通りだ

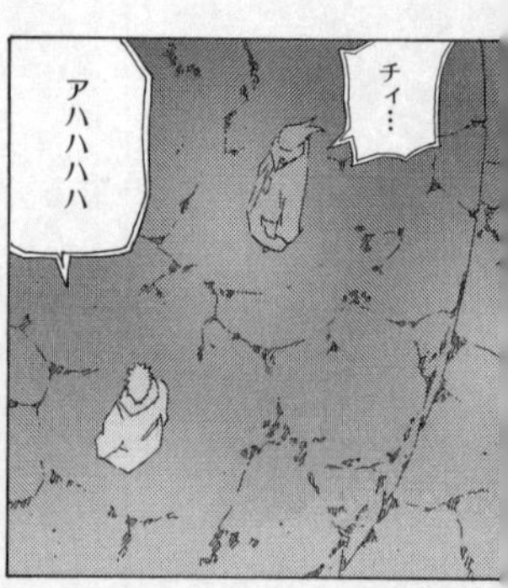
チィ…
アハハハハ

それからトビお前はいつも一言多い
先輩は立てろ

ハーイ!
すいませ~ん!

こんなんで人柱力を集めきれますかね…!!

ハァ…

と…そんな事より
〝四尾〟の人柱力をさっさと封印したいんですがね…

待て…まだ話は終わってない

何です?

もう一人殺された奴がいる

もう一人?
……

大蛇丸だ

………

〝暁〟を抜けて十年…
殺す手間が省けたというところですか
しかし
あの大蛇丸を倒すとは大した手だれですね
誰がやったんです？

うちはサスケだ

………

大蛇丸はオイラがぶっ殺すと決めてたのによ
…うん

フッ…やりますね
さすがイタチさんの弟だ

今 仲間を集め回ってる…
それも厄介な忍ばかりをだ

と言うと?

お前もよく知っているだろ…
霧隠れの鬼灯兄弟…あれの片割れだ

…水月か
懐かしいですね

それに天秤の重吾もいる
せいぜい気をつけろイタチ 鬼鮫…
おそらくお前たちを狙っている

………

他の者も一応
うちはサスケの
事は頭に
入れておけ
イタチや鬼鮫の
情報を得ようと
〝暁〟を標的に
するかもしれん

鬼鮫
どんな奴なんだ
その水月ってのは
…うん？

………
十年も
前だ…
可愛い顔で
笑う子でして
ね…

決まって
相手の手足を
ぶった切ってから
頭に止めを
刺す事
から…

鬼人・再不斬の
再来と呼ばれた
神童ですよ

てめエ陸に上がった河童か！
いちいち水分補給で座り込んでんじゃねーよ!!

そいつら色々面白そうだな
うん…

№354：動き出す者たち

サスケと
会うために
イタチを追うか
だが…
イタチを探し当てた
ところでどうする？

………

ま…
一小隊じゃ
どうにも
ならない
ですね

どういう事
だってばよ？

イタチを倒せば
サスケ君の目的は消える
つまりイタチは拘束
するしかない
だから
もっと大人数で隊を組み
動くしかないって
事ですよね

その通り…
ただ 大人数といっても二小隊一チームが望ましいね

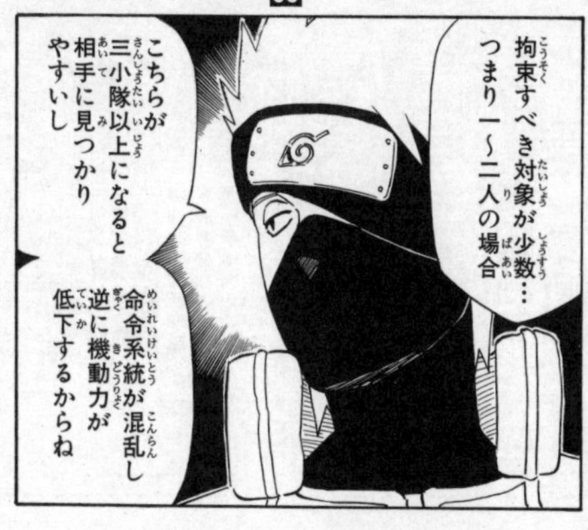
拘束すべき対象が少数…つまり一～二人の場合
こちらが三小隊以上になると相手に見つかりやすいし
命令系統が混乱し逆に機動力が低下するからね

それに拘束は殺すよりはるかにテクニックが要るからのォ…
隊の連係を考えれば任務をこれまである程度共にしてきた者を選抜した方が良いのォ…

そう思って今回の任務に適した忍たちをここに呼んであります

もういいぞォ入ってちょうだいな
ガチャ

空区

こんな廃墟にアジトがあったなんてね…初耳だよ

大蛇丸は関係無い
オレの一族が使ってた武器屋だ
ここで戦いの準備を整える

同じような通路が続くから迷うねここ

しかし辛気臭い所だな…息がつまるぜ
辛気臭い所で悪かったな

!?

ん?

久し振りだな
デンカにヒナ

やっぱりサスケのボーヤか…
ここに何の用だフニィ?

武器に薬…その他もろもろだ
これからの戦闘に備える

これって…

ヘッ…しゃべる狸ですか
ホラこっちおいで

フーッ!

フーーッ
うわっ…
こいつらは忍猫だ
うかつに手を出すなズタズタにされるぞ

手土産は持ってきたフニィ？

ホラ…またたびボトルだ
ズッ
またたび

ついてきなよ
猫バアに会わせる
ズッ

シャー

恩に着るよ猫バア

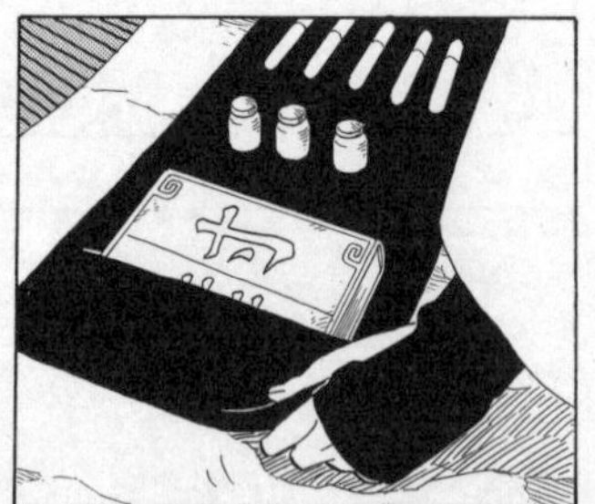

やっぱりイタチの所へ行くんかいな?

………
ガサ

アンタら二人は小さな頃から良く知ってるが
まさかこんな事になろうとはね
今やうちはもお前たち二人だけ…
それが殺し合わにゃならんとは…

もう行く
今まで世話になった
ドッ

バアちゃんこの人に合うもっと大きな服無い？

だったらそこのカーテンでも巻いときな
うちは服屋じゃないんだよ
バアちゃんお金もらってるのに失礼でしょ！

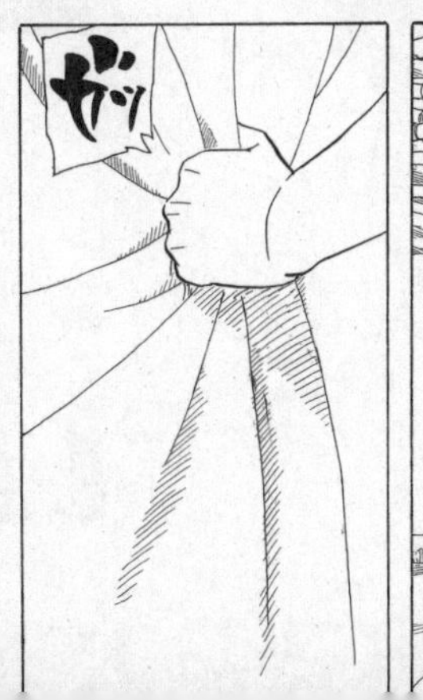
ガッ

うん──
ザッ

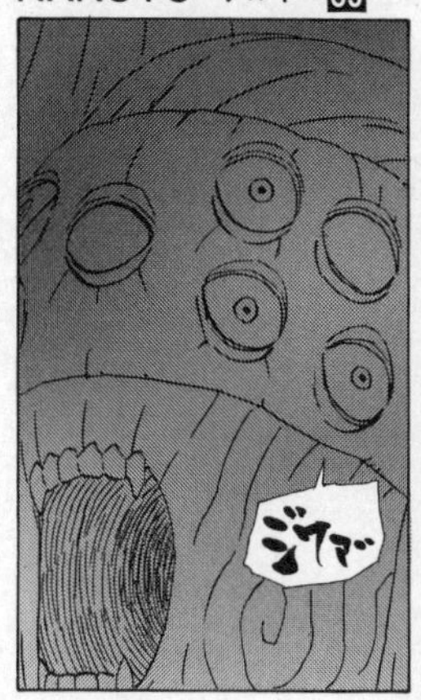
ジャマ

さて…どっち行くかな…うん
どっちって？
どっちとどっちの事言ってんスか？

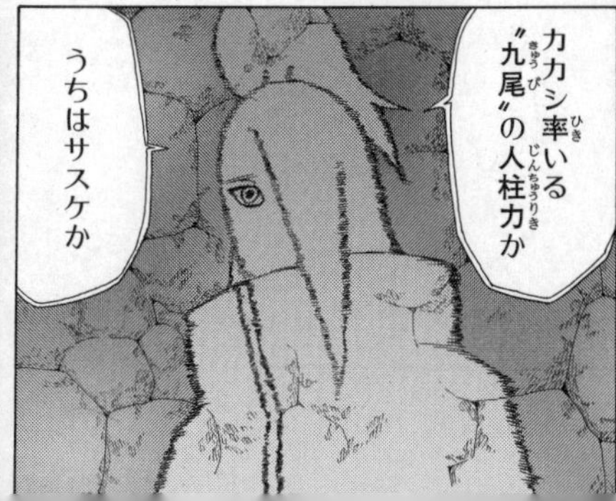
カカシ率いる"九尾"の人柱力か
うちはサスケか

……

どっちもやめましょうよ！
大体ボクらのノルマは終わってるし！

冗談じゃねえ…〝九尾〟の人柱力には殴られた借りがある
カカシには右腕やられたしな…うん

オイラが殺すハズだった大蛇丸を殺りやがった
うちはサスケも許せねェ…

行くぞ トビ！

え〜〜〜〜〜!?

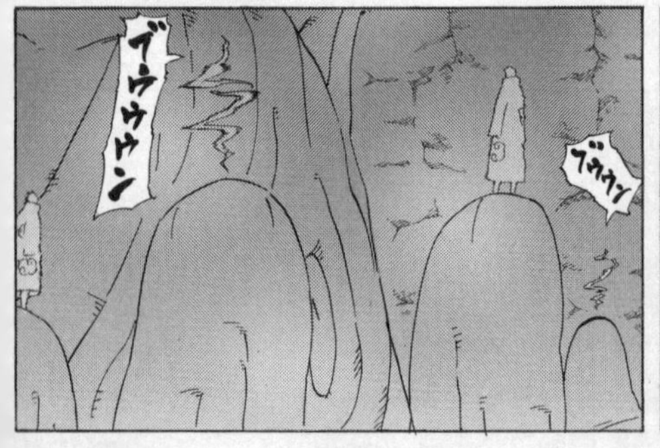
ブウウン
ブウウン

いいんですか？
イタチさん

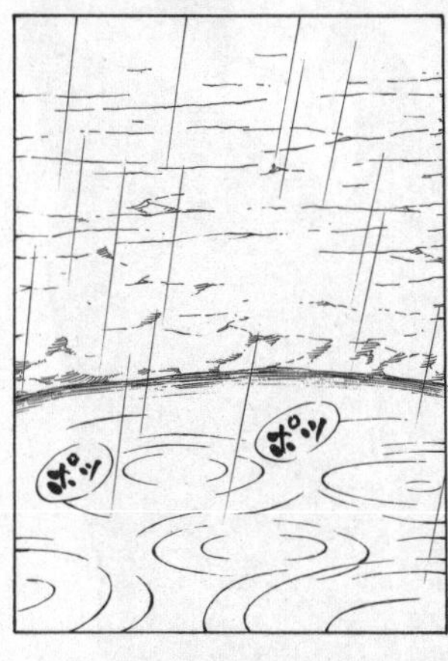
ポツ
ポツ

行くぞ
ザァァァァ——

忍
忍

出発だってのに嫌な天気だなどーも

ザッ

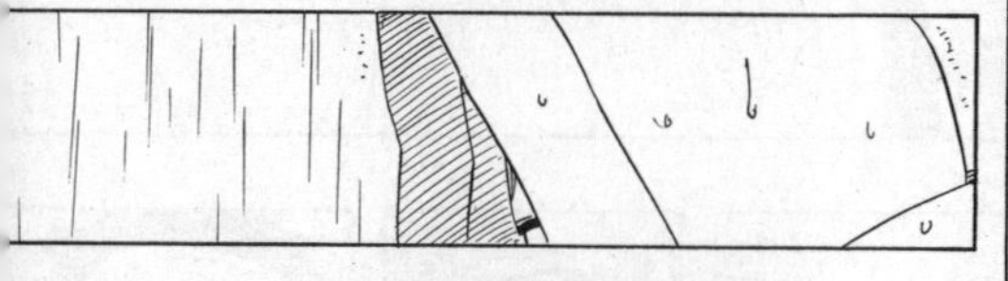

よっしゃ――!!
行くってばよォ!!

熱くなり過ぎてる
奴にはちょうどいい雨じゃないっスか

ザザザザ
よし
ナンバー
355：どっちへ…!?
とりあえず ここを中心ポイントにして 近辺5km四方を 探索する

もし 何も無ければ 中心ポイントを 移動して
またそこから 5km四方を 探索する
ま…それを 繰り返すわけだ
5kmって…
そんなに離れたら 無線も使えない じゃないですか！
それに 単独で そこまで離れたら 危険です！

パトロールは
最低でも二人一組が原則ですよ
敵に遭遇した場合…
サクラ
そう焦らない
拙者たちの声は無線よりも遠くこだまし
鼻で危険をいち早く察知し援護する
ボ
ボボン

…！
パックン！

じゃ
パトロール隊のチーム編成を説明する
今回は用心して忍犬を一人に二匹付けるから

二匹…？
え？
でもそれじゃ…

それじゃ仲良くしてあげてちょうだい
クイ

よろしくサクラちゃん
！
アンタ口うるさいメスだないつも

オレはシノに付くワン
ん――……

よろしく
ケケケケケ

じゃあ
オレは?
"暁"側から
襲ってくる場合も
考慮して ヤマトと
感知タイプのヒナタを
同行させる
お前は
"人柱力"で
狙われてる
それに
大声の
ブルもだ

ワウ!
よ…
よろしくね
ナルト君
…オウ!

で
忍犬使いのオレと
キバは一匹ずつ
これで
準備OKだぜ
!

いいか みんな
まず第一に
優先して追うのは
サスケの匂いだ
で
その次が
〝暁〟…
そして いずれかを
見付けたとしても
場所を把握して いったん
このポイントまで戻ること

スッ

ザザザ
散!!
ッ

じゃ行ってくるよ

ザッ
ザッ

よし！

サァスゥケェー
ウチはぁ サスケと
二人でェ——
ヤタッ

お前も
さっさと行け

チェッ！
スッ…

もう問題無いな…うん
で…どっちに行くんですか？
サスケか“九尾”…

さて…どっちにしようかな…うん
ザッ

質

誰だ
てめーは?

下っ端なら
いいか

!?
ガタン

!
ちょっと
様子見て来い

ガチャ

ス ッ・・・

何だてめー…
!?

ズッ
!?

バン

!!
ガッ

アンタ
〝暁〟の角都って
男の部下で
帳簿係だよね
う………
くっ…

な…
何でも言う
だ…だから
命だけは…
その調子で
続けな…

君らに
聞くか…

ズズズ‥

!
クンクン

かすかだが
うちはサスケの
匂いがする…

どうしたの
?

!!

！

見付けたぞ トビ …うん
マジッスか!? 速！

で どっちすか？

フッ…… ついて来い トビ

スッ…

スッ…

No.356：衝突…!!

NARUTO
-ナルト-

青
玉

出て来い…何者だ

どう？

匂いがはっきりしない…
だがどんどん近付いて来る
クンクン

近いぞ…

飯店
焼魚

…ダメだ…
匂いが離れていく…

ナルト…
ヒナタ…
分かってるね

ああ…
ハイ

ザッ
ガッ
ザッ

ザッ

!
お前は…

ザッ
やっぱりバレてましたか…

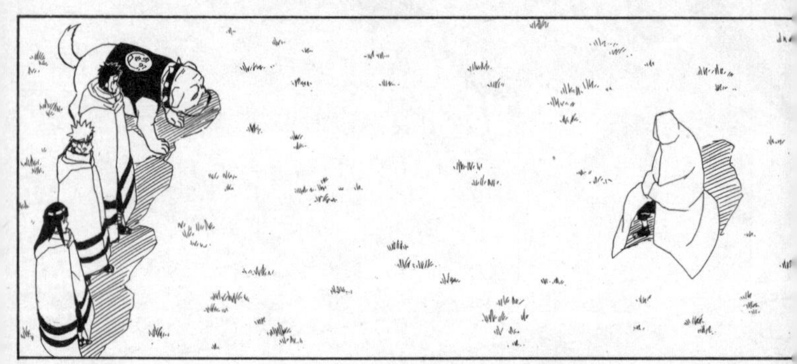

薬師カブトだな…
里じゃお前は手配中の重罪人だ確認次第拘束するように命令が出てる
…自分から近付いて来るとは…いい度胸だな

ナルト君と少し話がしたくてね

………

サスケが大蛇丸をやったって本当なのか!?

フッ相変わらずサスケサスケかい…
ああ…本当だよ

そんな事より
今日はナルト君にプレゼントを持って来たんだよ
ゴソゴソ

その装束…お前は

君がサスケ君かぁ…
んー…やっぱ似てるわイタチさんと！
ザッ

……
ギロッ

怖っ!!
ダダダダ

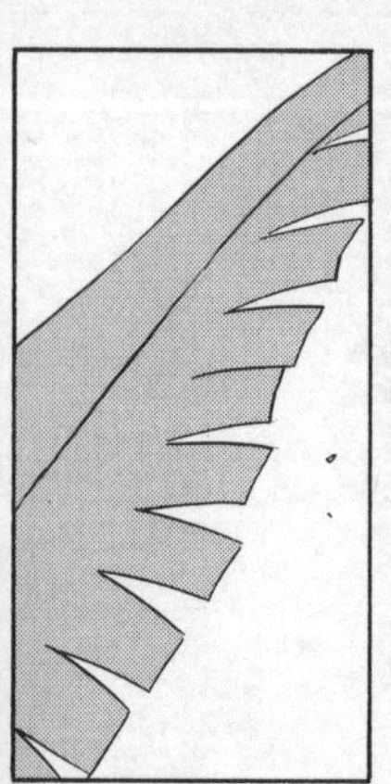

!

!

ドッ

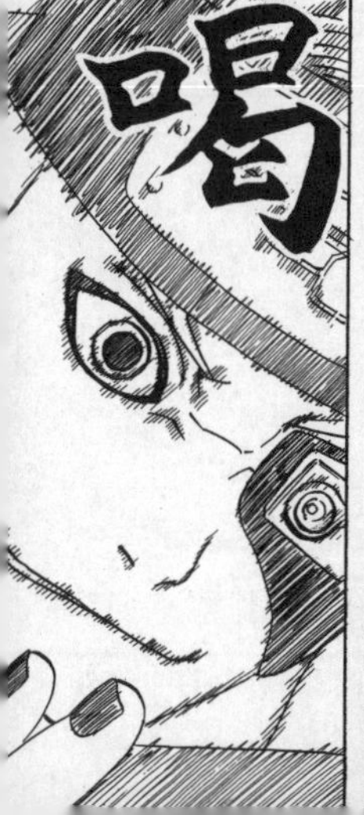
喝

ボウ

ザッ

へっ!

何だそれは?
かつて僕たちの組織が集めてた〝暁〟に関する情報だよ

何でそんなもん?

あげるよ…君たちに

それで木ノ葉と取り引きしようとでも言うのか？
イヤ…こんなもので取り引き出来る程甘くないでしょ…木ノ葉は特に

なら何だ？
お前は大蛇丸と違って〝暁〟に追われてるわけでもないんだろ？

ナルト君に感謝を込めて…ただのプレゼントさ
ナルト君は〝暁〟に狙われてるしね

感謝…？

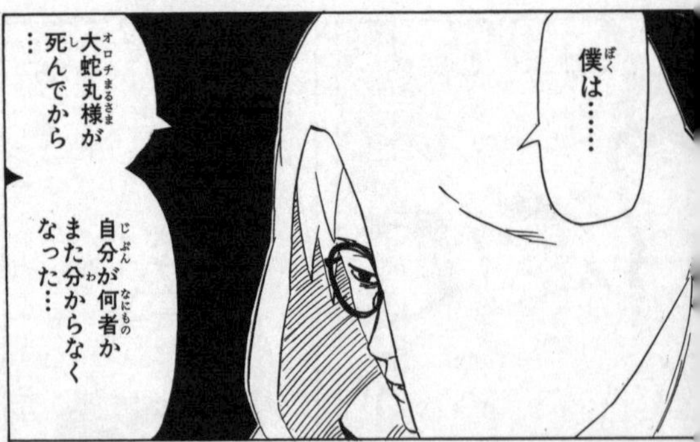
僕は……
大蛇丸様が死んでから…
自分が何者かまた分からなくなった…

………

親も知らず
国も知らず
敵に拾われ
幼い頃から
スパイとして
国や里を
転々としていた
僕にとって…
国や里といったものは
曖昧なものでしか
なかった

大蛇丸様の部下に
なるまではね…
だがまた
いなくなった
パッ

ドサッ
自分は一体
何者なのか
…
アイデンティティーの無い
この苦しみ… 君なら
分かってくれるよね…
ナルト君

自分は
うずまきナルト
なのか…それとも
〝九尾〟なのか…
かつて君は
他人の冷たい視線にさらされ
一体自分が何なのか
分からなくなってたハズだ

………

シュ

少しはやるようっスね
ポン
ケッ…こんなガキにあの大蛇丸がやられたとはな未だに信じられねーぜ…うん

い――い目で睨みやがってるぜトビ！うん！
イタチさんに後で謝らなきゃ…

しかし
君は…

自分の力を
信じ
自分は
うずまきナルト
なんだと…
"九尾"に対する視線を
力強く乗り越えて
きた

だから 自分の
アイデンティティーも
良く知っているし…
君を認めてくれる
仲間も出来た

だが僕は…
大蛇丸様を超え
ようとせず
ただその力に
すがり付いてた
だけだ
スッ…

今なら
君の気持ちが
本当に分かる
よ…
僕は君に
気付かされた

僕も
君のように
なりたいと思えた
だから今度は…

この体に取り込んだ大蛇丸様を超え
新たな強い自分を見付けるよ

…新たな自分を見付ける
君はそのヒントをくれた
だから感謝してるのさ…ナルト君

大蛇丸様は再生の象徴
僕の超えるべき存在として僕の中で生き続ける

No.357：デイダラVS（バーサス）サスケ!!

取り込んだ…だと？

なに…サスケ君が倒した大蛇丸様の亡骸の一部を…

バッ
少しばかりこの体に移植しただけさ

!

とはいえ
凄まじいほどの
生命力だよ
逆に僕の体を
どんどん取り込もうと
するんだ…
これがね

馬鹿な事を…

………
何？
アレ…

ビキビ
白眼！

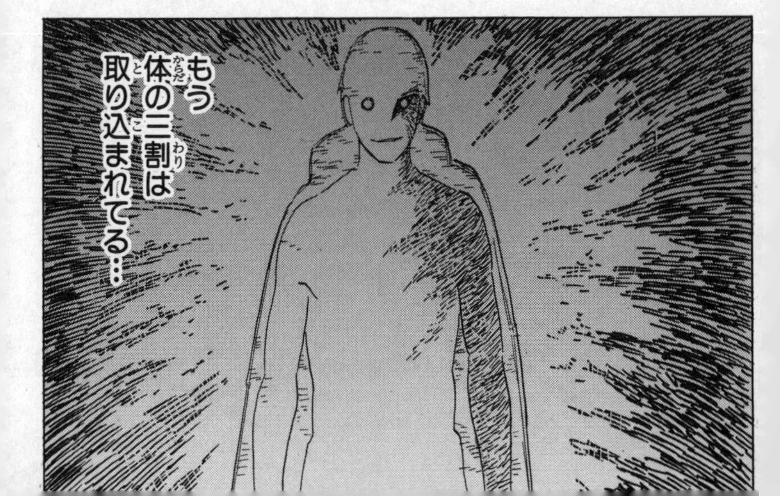
もう
体の三割は
取り込まれてる…

取り込まれまいと
必死に抵抗する
自分がいる！
大蛇丸様を
超えようと
している
自分の存在を
実感出来る！
……
へっ
！
！
せいぜい
ガンバレって
ばよ！
木ノ葉の
檻の中で
なァ!!
！

ザザ
ザザ
!
ガッ
ギュルルル
よっしゃ!
捕まえた!!
後ろ!
!
ダッ!

ヒャハハハハァ！

ザッ
ちくしょう…

この大蛇丸様の力を完全にコントロール出来るようになったら
ちゃんと戦ってあげるよナルト君

でも君は後だ
まずは大蛇丸様を倒したサスケ君が優先だ
！

また会おう

フッ

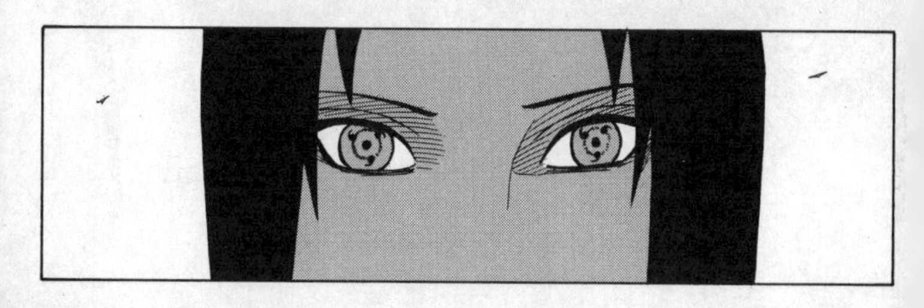

写輪眼か…やっぱりこいつイタチの弟だぜ
大蛇丸を殺れたのもうちはの血のお陰ってわけだ…うん

血統に恵まれただけの勘違いヤローが

!!
速(はや)い！

ザッ
え？
ズバ
トン
ザッ
まずは一匹…
ドサッ
よくしゃべるお前の方にはイタチの事を聞く
ズサ…

ムクッ
!

こいつ…

何やってんだトビ!
ガキだからって気ィ抜くなよ うん!
瞬身の術が速すぎてボクらじゃムリっスよ〜

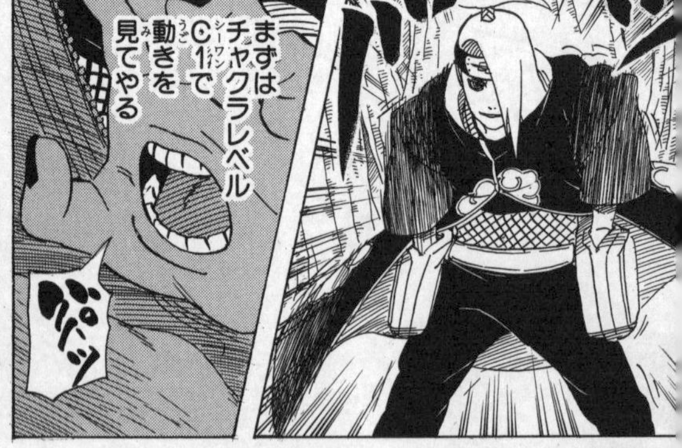
まずはチャクラレベルC1で動きを見てやる
ガパッ

ガッ
ガッ

!
トビ
下がってろ
モコ
モコ
バッ
バッ
バラ
バラ
バッ

パチィ
ぼン
うわぁ!
ぼン

うわあ!
先輩(せんぱい) ターイム!
"喝(かつ)"はやっちゃダメー!!

チィ…

先ぱ——い！
後ろ!!後ろ!!

！

くっ！
ポイ

喝

ボ
ン
!
センパ――イ!!
うっ…うっ…
キビしい先輩だったけど…
いい先輩だったなぁ…
…ボクは
けっして
デイダラ先輩の
事を……

ギャーギャー
うるさいぞ
!
あ!
…生きてた

爆風でどうにか
逃げ切れた…
練り込んだチャクラを
C1にしといて!
助かったぜ…うん!

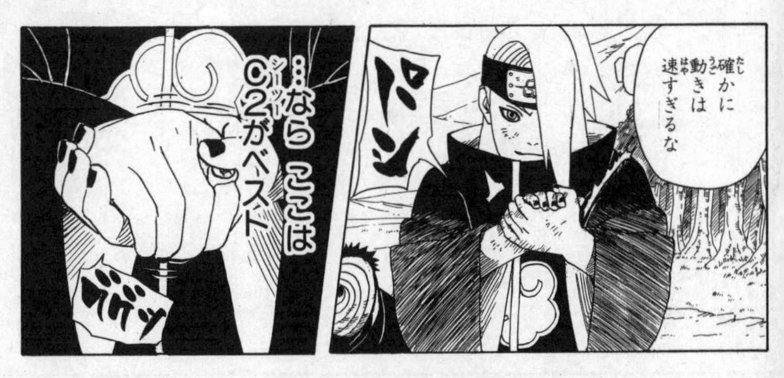
確かに動きは速すぎるな
パン
…なら ここはC2がベスト
グッ

そ…
それは…
スッ

!

ボフ

出た！
先輩の十八番芸術の一つC2ドラゴン！
掌から爆発物を作る能力か…

分かってんなトビ!!

ザッ

もちろんっスよ先輩！
アレですね…！

ザッ

358：追いつめるC2!!

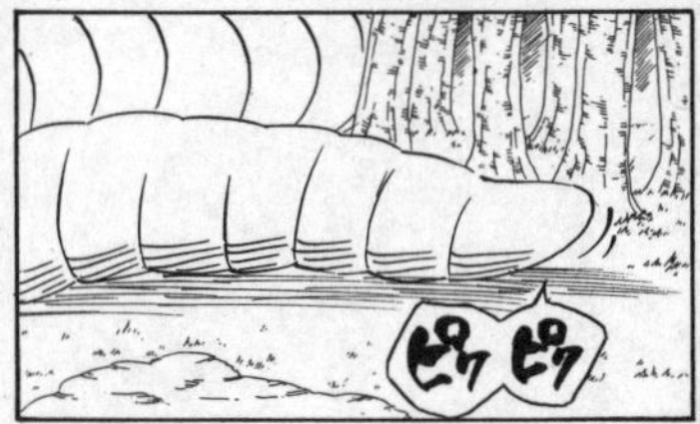

ドドド
ゴクッ
任せたぞ
トビ
オッス！
ペッ
しかもあの形状からして
空からか…
あのデカいのも
爆発物になりえる
のか？
厄介だ

来たァ！

先輩のポップアートの力見せつけてやりましょう！

ポップは死んだ！

オイラのはスーパーフラットだうん！

ドズ

！

ザッ

喝

ギュン

ドドン
さっきまでと違う…誘導弾か
!
もう一人がいない…
ドサッ
!

とりあえずは
あいつか
ザン
ダッ
チチチチ
ピタッ
ヒュー
伸ばせる限界は
5メートル程度か
カカシのだろアレ！
伸ばしたり投げたりと
形態変化は認めて
やるが

遠距離タイプか…
間合いを見切られたな…
バチチ…
こいつは
さっきまでとは
威力が違うぜ!
ボコボコ
いくらガードが
堅かろーが
吹き飛ぶぜ
うん!!
ボコン
ザッ

ボ
ン
さすがに速いな
!
ボフッ
かかったぜ
うん!!
モコ
モコ

ドドド
やったか…!?

大蛇丸の呪印か…
翼まで生えるとはな…
上手く上へ飛んでかわしたか

モゴ
モゴ

ガバッ
先輩！ 地雷粘土全てセッティングOKっス！

トビ
良くやった
お前は離れてろ
オッス！

上からは誘導弾
下からは地雷か…

C2は
地雷の足止めと
空中からの
ピンポイント爆撃
この連係攻撃が
ミソだ

お前の足元は
すでに地雷が
敷きつめてある
踏みつけた
だけで
自動爆破

誘導弾を
確実に当てる
ためか
オレの攻撃範囲の
外をギリギリまで
近づいて飛んで
やがる…
その足だ
そう上手く
空からの攻撃を
かわせっかな？
うん？
ガロバッ
ズド…
ズドドドド
ピク
!
次のはデカイぜ
うん!!
ズドドド

飛ばせるかァ!!
バカヤローが!!
ボン
ボゴ

ガッ

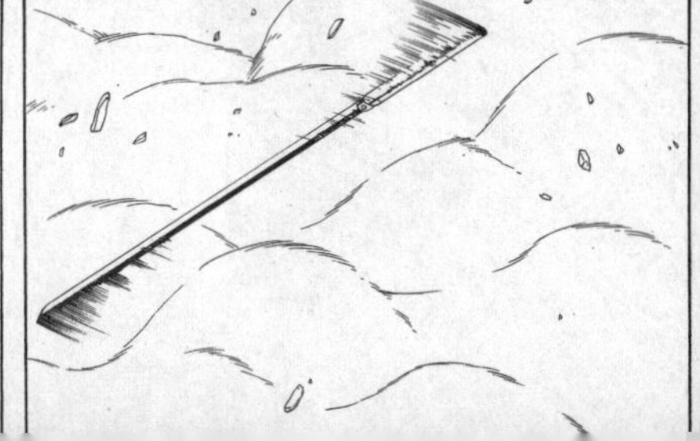

ゴッ
翼でガードなんかすっから…
もう飛べねーな…片翼じゃあよ…ククク
ボコン
これで終わりにしてやるぜ…うん
ズオッ
ピン
!

ザッ
ドカッ
ボッ
そんなもんが当たるか！オイラをなめんなよ!!
ボン
ドッ
横!?
クク…足場無し！地雷の方を選んだか！
だが　どこかはもげるぜ　確実にな！

バチチチチ
ザッ
あ!?
足場…!?

!
こいつ…刀をわざと地面に!?
地雷の有無を確かめ足場を作るためにか!?
ズボッ
何イ!?
と　届いただと!?

バランスがぁ——!!

!
足場にした刀の長さ分…それに片翼を使ったジャンプ…

!
この位置!

刀の真上!?
そうか!! あの攻撃で刀の真上にオイラを誘い込み…チャクラ刀の届く最短距離を…!

この…
くそガキがァ！
ドッ
!!?
ぐあっ!!
ザザッ
くっ
動けねェ!!
さっき投げた
手裏剣を…!!?
ヤバい！
下には地雷が…!!
ドオオオオ
ドドドドン

NARUTO -ナルト- オリキャラ優秀作発表

今回のNARUTOオリキャラ最優秀作は、（青森県 豆さん）に決定!!

豆さんには岸本が描いたイラストの複写にサインを入れてプレゼントします。楽しみに待っててね！
というわけで、引き続きオリキャラ募集中なので、どしどし送って下さいね。待ってます！

※募集は終了いたしました。

宛て先は
〒119―0163
東京都神田郵便局 私書箱66号
集英社ＪＣ
〝ナルトオリキャラ係〟まで！

※ただし送るのはハガキだけに限ります。
封書じゃダメだよ

◀岸本がイラスト化したのがこれだ!!
［コギト］

○クールでお腹をもろ出しのデザインがいい！最近お腹を壊しやすいボクにとってこいつは、うらやましい！腹巻をそろそろ購入しなきゃ…。

☆なお、デザインはオリジナルに限ります。そしてキャラは身体全体とキャラの名前を描いて下さい。
○応募されました文章、イラスト等は、一定期間保管されたあと廃棄されます。保存しておきたい場合は、あらかじめコピーをとってからご応募下さい。また、掲載時に、名前や住所等を秘匿したい場合には、その旨を明記して下さい。ご応募いただきました文面の著作権は、集英社に帰属します。

ゴゴゴゴ
ナンバー
359：その眼…!!
バッ
ガッ
くっ…!
バッ
ズオオオオオ
ズズッ
ズズッ

ドドドドン
ギュルルル
ボフッ
グイッ
ザッ

せんぱーーい!

ズズズズ…

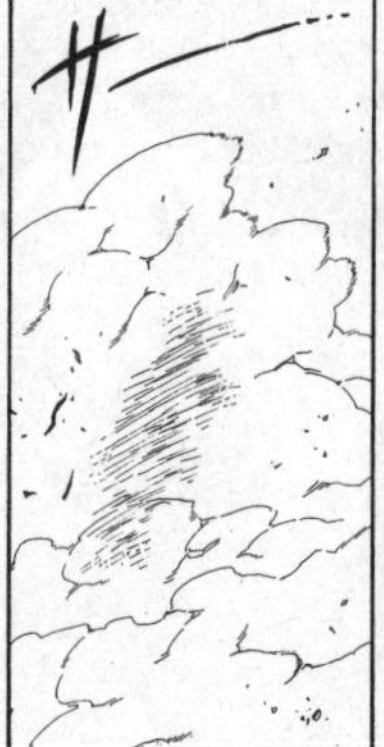
サー

!
ズズズッ…

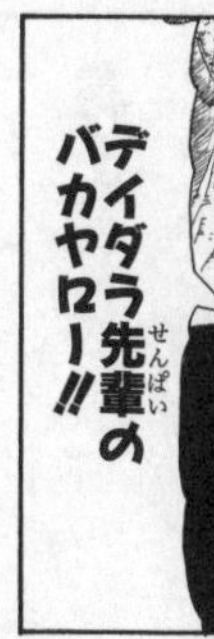
やっぱ最後は爆死じゃないっスかぁー!
デイダラ先輩のバカヤロー!!

ギャーギャーうるせー
って言ってんだ
トビ！うん！

あ！
まだ
生きてた…

しぶとい…

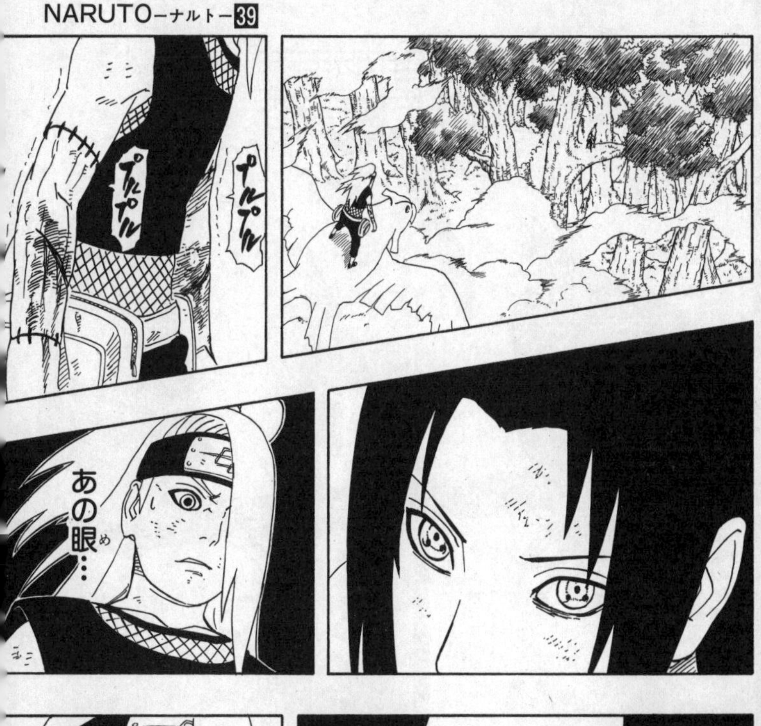
プルプル
プルプル
あの眼…

あの眼だ…

ちくしょう…

〝暁〟だァ?
知るかそんなもん!
オイラのアート鑑賞を邪魔すんじゃねェ!
こんなガキをオレの連れにしなきゃなんねーのか…
威勢はいいがこいつぁ早死にするタイプだぜ
リーダーの命令だ…
こいつの能力は役に立つ…
オレの能力を知ってんのか?
お前ら一体…
近隣諸国で反国家分子どもに加担して爆破テロを起こしているのはアナタですね
抜け忍のアナタが何の目的でそんな事を…?

目的？
そんなもんありゃしねーよ
オイラは依頼を受けて爆発を起こすだけだ
オイラの作品でな うん！

作品？

見ろ！
どうだ？この洗練されたラインに二次元的なデフォルメを追求した造形！

うん！まさにアートだ！
だがオイラのアートはこれだけじゃない！
オイラの作品は流動的だ！形ある時はただの造形物に過ぎない うん！

これは爆発する！
その爆発によりその存在を昇華させて初めて本来の作品になる！

オイラはその一瞬の昇華にこそアートを感じてならない！うん！
芸術は爆発なのだァア!!

…ウザいな…
終わりですか…？
さあな…
もういい…オレがやろう
ザッ
！

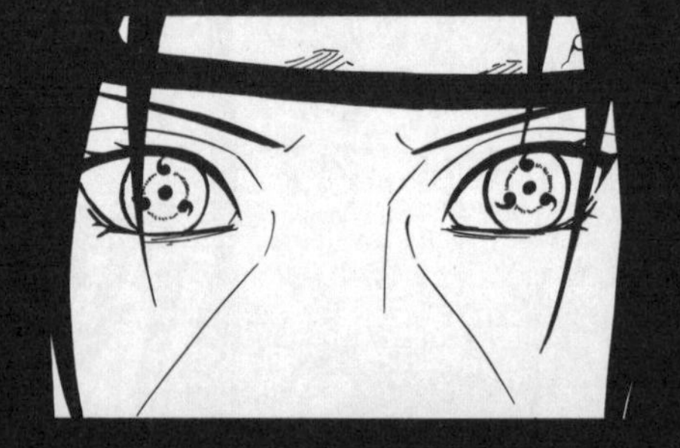

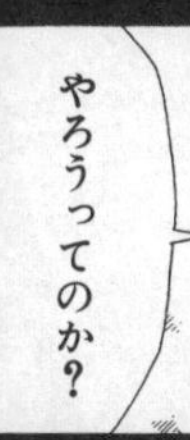
何だあの眼は?
やろうってのか?

オイラを…
アートをナメんじゃねーぜ…
ザッ
オレの忍術は何よりも崇高な芸術だ!
うん!!

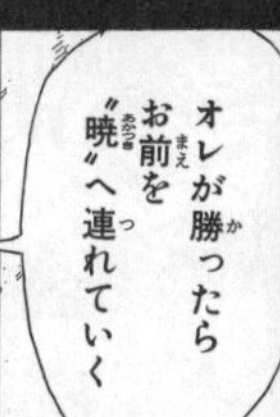
オレが勝ったらお前を
"暁"へ連れていく

ドン
ブン

喝

ボン
！
……
ズズッ
その程度かよ！
終わりだ…うん!!

良く自分の姿を見た方がいい

!?
フッ

危なかったですね…もう少しで自爆するところでしたよ
やっぱり早死にするタイプだな こいつぁ…

幻術…!?
いつの間に…

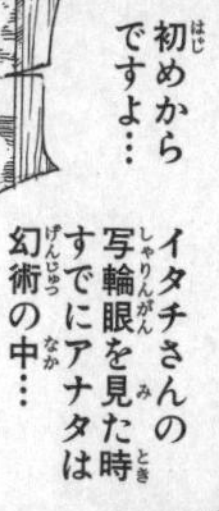
初めからですよ…
イタチさんの写輪眼を見た時すでにアナタは幻術の中…

うっ!

…!

これは……
芸術だ…

!!
チィ！
ボト…

オイラが他人の能力に見入っちまうなんて…

アレが芸術だと!? そんなワケあるか！
認めねエ… 認めねーぞ!!

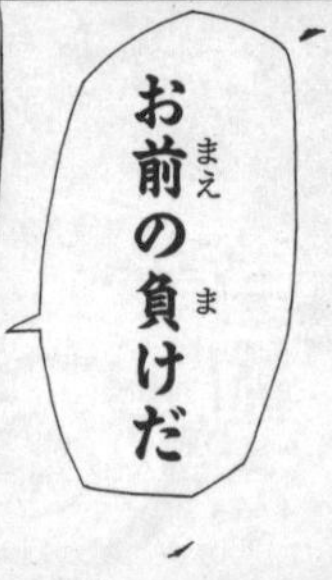
お前の負けだ

ふざけるな…
オイラの方が上だ
オイラの能力はカンペキだ
誰にも負けない芸術だ!

オイラの方が上だ…
負けるハズがねェ!
あんな…
あんな…

くっ…

ガッガッ
あ！
起爆粘土を自分の口で食ってるって事は…
うぷっ…
！
とっておきだ次で殺す！
トビィ！
逃げてろ!!
うわ！ヤベー!!

C4(シーフォー)カルラだ!!
!?
ゾオオオオ

■ジャンプ・コミックス

NARUTO -ナルト-

39動き出す者たち

2007年8月8日 第1刷発行
2015年2月17日 第33刷発行

著 者 岸 本 斉 史

編 集 株式会社 ホーム社
東京都千代田区神田神保町3丁目29番 共同ビル
〒101-0051
電話 東京 03(5211)2651

発行人 鈴 木 晴 彦

発行所 株式会社 集 英 社
東京都千代田区一ツ橋2丁目5番10号
〒101-8050
03(3230)6233(編集部)
電話 東京 03(3230)6191(販売部)
03(3230)6076(読者係)

Printed in Japan

印刷所 共同印刷株式会社

ISBN978-4-08-874397-4 C9979